Fernando Carraro

O ABC da solidariedade

ilustrações de Valentina Fraiz

1ª edição

São Paulo – 2019

FTD

Copyright © Fernando Carraro, 2019

Todos os direitos reservados à

Editora FTD S.A.
Matriz:
Rua Rui Barbosa, 156 – Bela Vista
São Paulo – SP
CEP 01326-010 – Tel.: (0-XX-11) 3598-6000
Caixa Postal 65149
CEP da Caixa Postal 01390-970
Internet: www.ftd.com.br
E-mail: projetos@ftd.com.br

Dados Internacionais de Catalogação na Publicação (CIP)
(Câmara Brasileira do Livro, SP, Brasil)

Carraro, Fernando
   O ABC da solidariedade / Fernando Carraro ; ilustração de Valentina Fraiz. – 1. ed. – São Paulo : FTD, 2019.

   ISBN 978-85-96-02261-3

   1. Literatura infantojuvenil 2. Solidariedade - Literatura infantojuvenil I. Fraiz, Valentina. II. Título.

19-25014   CDD-028.5

Índices para catálogo sistemático:
1. Solidariedade : Literatura infantil   028.5
2. Solidariedade : Literatura infantojuvenil   028.5

Maria Alice Ferreira - Bibliotecária - CRB-8/7964

DIRETOR DE CONTEÚDO E NEGÓCIOS
Ricardo Tavares de Oliveira

GERENTE EDITORIAL
Isabel Lopes Coelho

EDITORA
Rosa Visconti Kono

EDITORES ASSISTENTES
Daniel de Febba Santos
Gislene Rodrigues

COORDENADORA DE PRODUÇÃO EDITORIAL
Letícia Mendes de Souza

PREPARAÇÃO E REVISÃO
Líder
Elvira Rocha

PREPARADORA
Cátia de Almeida

REVISORAS
Célia Regina Arruda
Elisa Martins

EDITORES DE ARTE
Daniel Justi
Sheila Moraes Ribeiro

PROJETO GRÁFICO E DIAGRAMAÇÃO
Adriana Campos

DIRETOR DE OPERAÇÕES
E PRODUÇÃO GRÁFICA
Reginaldo Soares Damasceno

Para Saman Kunan, mergulhador tailandês que sacrificou sua vida trabalhando como voluntário no resgate de 12 meninos e um adulto, todos de uma equipe de futebol, que ficaram presos por dias em uma caverna inundada na Tailândia, em julho de 2018.

Para todas as pessoas e animais que morreram em razão de atos de violência daqueles que não compreendem que a vida é um dom de Deus e que só Ele pode tirá-la.

Sumário

A caminho da escola **7**
Viu-o, sentiu compaixão e cuidou dele **8**
O Projeto ABC **11**
O valor da vida **12**
O reencontro **15**
Procura-se **18**
A alegria dos donos **20**
Uma história a ser contada **22**
Veja como são lindos **24**
A entrevista **26**
Uma mensagem do bem **30**

"Mas a misericórdia à qual somos chamados abrange toda a criação, que Deus nos confiou para sermos os seus administradores e não exploradores ou, pior ainda, destruidores."
Papa Francisco, em audiência geral inter-religiosa, 28 out. 2015.

A caminho da escola

Livros na mochila, uniforme pronto. Tudo preparado para irmos à escola. Assim começava mais um dia na pequena cidade em que eu, Lívia, que tenho 9 anos, e meu irmão mais velho, Pedro, moramos desde que nascemos.

Todos os dias pela manhã, eu aprontava o material com a ajuda de Pedro, e íamos para a aula. A escola municipal ficava a poucos metros de casa, então caminhávamos até lá, conversando sobre tarefas e nossos colegas.

Naquele dia, além do peso da mochila, eu carregava a preocupação com o Projeto ABC, uma iniciativa da escola que procurava ensinar aos alunos bons valores de convivência. Nossa tarefa inicial era anotar alguma história pessoal que envolvesse ações de bondade. Pedro disse que eu deveria ficar calma e, com a tranquilidade de quem já tinha passado por isso, comentou que até o dia da entrega do trabalho eu teria uma boa história para contar.

Enquanto caminhávamos, eu tentava puxar da memória algum episódio para o projeto. Ia distraída, chutando as pedrinhas da calçada, quando senti um puxão forte no braço e ouvi Pedro exclamando:

– Cuidado!

Viu-o, sentiu compaixão e cuidou dele

Pedro segurou meu braço e me pediu que prestasse atenção. Com aquela mania de chutar pedrinhas ao caminhar, eu poderia machucar alguém. E dessa vez não machuquei por pouco! Quase acertei um cachorrinho marrom. Ele estava todo encolhido junto à parede do mercado de seu Alfredo.

Parei e fiquei olhando para ele. Com medo, ele se encolheu ainda mais e começou a tremer. Como um relâmpago, um pensamento triste veio à minha mente: "será que ele está perdido? Ou, pior ainda, será que foi abandonado?".

Só de imaginar que esse pudesse ser o verdadeiro motivo, fiquei brava. "Como alguém pôde fazer isso com um bichinho!", pensei. "O cachorro deve estar com fome, com sede ou, quem sabe, até doente…" Não tive medo e me aproximei dele. Tinha um olhar doce e indefeso.

Por alguns instantes, ficamos nos olhando, ele e eu, até que percebi que o melhor a fazer seria comprar algo para ele comer.

– Temos de ir, Lívia... Senão vamos chegar atrasados à aula! – avisou Pedro.

– Mas não consigo deixar o bichinho aqui assim... Que tal a gente comprar um pouco de ração pra ele no mercado?

– Está bem, boa ideia! Seu Alfredo deve vender pacotes pequenos.

Com o dinheiro do meu lanche, comprei a ração. Abri o pacote e coloquei tudo na frente do cachorrinho marrom, que, àquela altura, já tinha notado que eu não iria machucá-lo. No início, ele ficou desconfiado, mas, depois de umas boas farejadas, começou a comer.

"Quando estou com fome, não consigo fazer nada! Deve ser por isso que ele está aí encolhido!", imaginei. "E olha que nós, seres humanos, podemos pedir, por nós ou pelos outros que passam fome; já os animais...", continuei a refletir, enquanto o cachorro mastigava todos os grãos da ração.

Apesar de já ter comido quase tudo, o cachorrinho me olhou aflito, como se aquilo não fosse o suficiente. Então, procurei um potinho em que pudesse pôr um pouco de água para ele beber. Por sorte, seu Orivaldo, da banca de jornal ali perto, me emprestou uma tigelinha. Agachada, fiquei observando o cachorro por um tempo e me senti feliz e recompensada pelo que tinha feito. De vez em quando, ele parava de beber e me olhava como se quisesse agradecer. Seu Alfredo, de dentro do mercado, acenava para mim, contente com minha atitude.

Enfim me despedi do meu novo amigo e continuei o caminho para a escola. Pedro já ia mais à frente. Sem saber direito o porquê, eu sorria e ia pulando pela calçada. Sentia meu corpo leve, como se caminhasse nas nuvens. Sabia que havia feito algo importante e, agora, eu me sentia muito feliz por ter cuidado de um animal que precisava de ajuda.

Finalmente pude entender o que os adultos dizem sobre a gente se sentir bem ao realizar boas ações. Aquele sentimento tomou conta de mim de um jeito que eu até esqueci o peso da mochila e a preocupação com o Projeto ABC.

O Projeto ABC

Ao entrar na classe, antes que a professora Suzete iniciasse a aula, ainda um pouco agitada e com vontade de compartilhar aquela alegria, fui falar com ela.

– Posso contar uma coisa pra você, professora?

– Claro que sim, Lívia! O que aconteceu? Acho que não é nenhuma notícia ruim.

– Sabe o que é?!

E contei, tim-tim por tim-tim, todos os detalhes daquele encontro.

– Nossa, Lívia, que história emocionante – disse a professora Suzete. – Vou começar a aula comentando com seus colegas a sua boa ação.

– Que legal!

– Bom dia, turma! Antes de iniciarmos a aula, quero compartilhar algo com vocês. Estou muito sensibilizada com o que a Lívia acabou de me contar. Hoje, a caminho da escola, ela teve uma atitude muito interessante, que tem tudo a ver com nosso Projeto ABC. Vinícius, você pode relembrar a seus colegas o que significa o nome do projeto?

– Sim, professora! ABC significa "amor, bondade e compaixão"! Com esse projeto, a gente vai aprender a transformar esses valores em ações.

– Isso mesmo! Lívia me contou que ela e seu irmão, Pedro, ajudaram um cachorro abandonado na rua, dando a ele comida e água. Esse é um ótimo exemplo para iniciarmos as atividades de hoje. Vamos lá!

O valor da vida

Não compreendi muito bem a relação entre a minha atitude e o projeto, porque até aquela manhã eu mal sabia como participar dele e, agora, estava sendo citada como exemplo. Mas, conforme a agitação foi passando, consegui prestar atenção na explicação da professora e entender melhor o significado daquelas palavras que fazem parte do nome do projeto.

A professora Suzete comentou:

— Amor, no sentido mais amplo, quer dizer dedicar-se ao próximo desinteressadamente. Bondade é a qualidade de quem é generoso, solidário, de quem ajuda o próximo. E, por fim, compaixão é o sentimento de simpatia pelo sofrimento do outro e a vontade de cuidar dele. Esses três valores transformados em atitudes são importantes em nosso dia a dia, porque não podemos nos preocupar somente conosco. A vida só é boa quando todos ao nosso redor estão bem. Ela é um dom precioso e, por isso, deve ser valorizada, cuidada, protegida e amada. Agindo de acordo com os princípios do ABC, nós podemos evitar a violência, o descaso e a banalização da vida.

— Professora, mas o que é banalização da vida? — perguntou Vítor.

— Banalizar é não dar importância às coisas, não as considerar especiais. Mas a vida é uma dádiva! Então não podemos desperdiçá-la nem viver de qualquer maneira. Por isso, devemos ser fraternos uns com os outros. Você se lembra de alguma situação em que as pessoas agiram com fraternidade, Vítor?

— Ah, lembro, sim! Um dia eu estava passeando com minha mãe, e a gente viu uma senhora que não conseguia atravessar a rua porque o tempo que o semáforo ficava fechado para os carros era muito curto. Quando o semáforo ficou verde, minha mãe fez sinal pra que os motoristas esperassem a senhora terminar de atravessar. Ela agiu com fraternidade, não agiu, professora?

— Com certeza, Vítor.

Giovana também quis comentar:

— Para mim, as pessoas que dirigem rápido demais, bebem antes de dirigir ou ultrapassam em locais proibidos estão banalizando a vida. Elas não sentem compaixão pelos outros, porque colocam a vida das pessoas em risco!

— Tem razão, Giovana!

— Posso falar? — perguntou Mateus, levantando o braço.

— Sim, Mateus.

— Na aula de Ciências, a gente aprendeu que existem doenças que se espalham porque muitas pessoas não têm acesso a saneamento básico. Não dar saneamento a todos é não ter compaixão?

– Certamente, Mateus.

– Professora, um dia vi na televisão que um grupo de amigos se uniu pra fazer um jantar para pessoas em situação de rua. Era inverno e eles serviram sopa. Levaram também cobertores, agasalhos e sapatos novos. Essas pessoas podem até morrer de frio! Então eu acho que as ajudar assim pode salvar a vida delas! – disse Maria Luísa.

– É verdade, Maria Luísa. Pelo visto, vocês entenderam bem o que é banalizar a vida, ser fraterno e sentir compaixão. Gostaria de ressaltar que nosso projeto tem como objetivo principal conscientizá-los do cuidado com a própria vida e com a vida do próximo. Compreenderam?

– Sim, professora! – responderam todos.

– Na próxima aula, vamos continuar a tratar desse assunto. Mas não se esqueçam de trazer a história para o Projeto ABC. Deve ser uma história real sobre amor, bondade e compaixão que tenha acontecido com vocês ou com seus familiares. Se tiverem dúvida, podem perguntar à Lívia, pois hoje ela deu um belo exemplo! – concluiu a professora.

No final da aula, eu estava tão emocionada que, daquele dia em diante, soube que não esqueceria nem por um segundo quanto é importante valorizar a vida e ter compaixão.

O reencontro

Ao terminarem as aulas, encontrei Pedro na porta da escola para voltarmos para casa. Estava ansiosa para reencontrar o cachorrinho. Fizemos o mesmo trajeto, mas, quando chegamos ao mercado, que decepção! Ele não estava mais lá.

Seu Alfredo havia fechado o estabelecimento na hora do almoço e, por isso, não pude perguntar a ele se sabia do animalzinho. Preocupada, dei uma volta no quarteirão, enquanto meu irmão ficou esperando em frente à banca de jornal.

Pedro perguntou a seu Orivaldo se ele havia visto o cachorrinho marrom daquela manhã, mas ele disse que não sabia para onde tinha ido.

No mesmo instante, exclamei:

– Pedro! Pedro! Achei! Ele está aqui!

Pedro foi correndo na minha direção e, observando o cachorro de orelhas baixas, tristonho, disse:

– Poxa, Lívia, acho que ele está perdido. Olha como fareja o chão procurando alguma coisa...

— Então pode ser que ele não tenha sido abandonado. Pode ter se perdido mesmo. E agora?

— Vamos pensar em uma forma de ajudá-lo a encontrar seu dono! – disse meu irmão.

— Boa, Pedro! Pra começar, podemos levar nosso novo amigo pra casa.

— Pra casa? Será que nossos pais não vão ficar bravos?

— Que nada! Mamãe adora animais. Vamos!

Com todo cuidado, Pedro pegou o cachorro no colo. Muito mansinho, ele logo ergueu as orelhas e abanou o rabo. Concentrados, nós nem percebemos que seu Orivaldo estava na esquina, filmando o que estávamos fazendo.

Chegando em casa, enquanto Pedro esperou do lado de fora com o cãozinho, eu entrei para contar aos nossos pais. Papai já estava sentado à mesa para almoçar. Dei um abraço nele e contei toda a história de uma vez:

– Pai, eu e o Pedro podemos ficar com um cachorrinho que achamos na rua? É só hoje. Amanhã a gente já sai pra procurar o dono. Ele é muito mansinho, está lá fora com o Pedro. Você quer ver? Chame a mamãe!

– Calma, filha! Um cachorro...? Flávia, venha ver o que as crianças trouxeram!

Mamãe veio, ainda com a caneta e os papéis do trabalho nas mãos, sem entender direito o que estava acontecendo. Quando viu o cachorrinho no colo do meu irmão, exclamou:

– Que lindo! Olha que pelo curtinho e brilhante! De quem é essa belezura?

Contamos tudo a eles e, juntos, decidimos dar banho no cachorro e fotografá-lo para fazer alguns cartazes. No dia seguinte, espalharíamos o retrato dele pela cidade para alertar seu dono. Apesar de ficar triste com a ideia de o meu novo amigo ter outra família, eu sabia que era o certo a fazer.

Procura-se

À tarde, nós preparamos o balde com sabão, pegamos a mangueira e esfregamos o cãozinho até tirar toda a sujeira das patinhas dele; parecia que havia andado muito pelas ruas atrás do caminho de casa. Papai colocou uma gravatinha nele, e minha mãe tirou ótimas fotos do nosso amigo. Agora ele já tinha o nome de Castanha, por causa de sua cor marrom.

Preparamos também o cartaz:

Eu e meu irmão colamos cópias do cartaz com a foto do Castanha na banca de jornal, no mercado de seu Alfredo e na farmácia. Achamos que assim seria fácil encontrar a família dele. Meu pai também publicou a foto do Castanha nas redes sociais. Em pouco tempo, a publicação recebeu muitos comentários.

Um amigo do trabalho do papai comentou que não sabia quem era o dono do Castanha, mas avisou que já havia visto aquele cachorro no Sítio Ipê. Como o sítio não ficava muito longe de casa, decidimos ir até lá no fim de semana.

No sábado, toda a família acordou cedo. Eu e meu irmão, empolgados, pegamos um potinho de ração e uma garrafa de água e entramos no carro com o Castanha. A mamãe, ao volante, pediu que não abríssemos muito os vidros, pois o cachorro poderia se assustar.

Quando chegamos ao Sítio Ipê, Castanha começou a latir sem parar, por isso pensamos que aquela era mesmo a casa dele. Papai se aproximou do portão, e um homem veio atendê-lo, mas ele disse que o cachorro não era dele. Contou que tinha um cachorro bem parecido, mas que aquele no nosso carro poderia ser da Chácara Sol Nascente, a alguns metros dali.

Apesar de um pouco desanimados, ainda tínhamos esperança de encontrar a família do Castanha. Ele não parava de latir, e nós tentávamos decifrar os latidos dele. Pedro se lembrou de ter aprendido na escola que os cachorros sentem o cheiro dos lugares conhecidos. Por isso, talvez estivéssemos indo na direção certa.

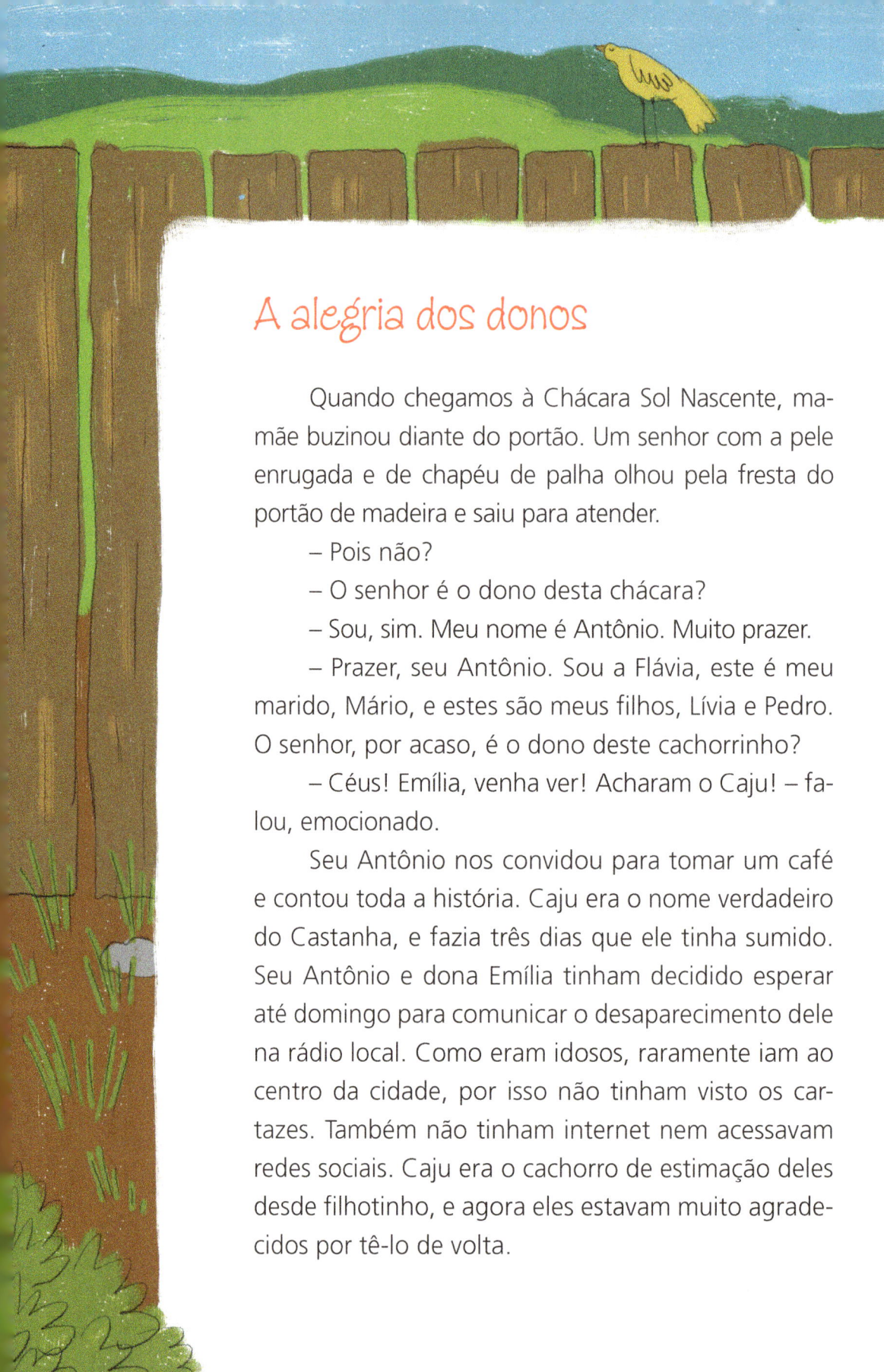

A alegria dos donos

Quando chegamos à Chácara Sol Nascente, mamãe buzinou diante do portão. Um senhor com a pele enrugada e de chapéu de palha olhou pela fresta do portão de madeira e saiu para atender.

– Pois não?

– O senhor é o dono desta chácara?

– Sou, sim. Meu nome é Antônio. Muito prazer.

– Prazer, seu Antônio. Sou a Flávia, este é meu marido, Mário, e estes são meus filhos, Lívia e Pedro. O senhor, por acaso, é o dono deste cachorrinho?

– Céus! Emília, venha ver! Acharam o Caju! – falou, emocionado.

Seu Antônio nos convidou para tomar um café e contou toda a história. Caju era o nome verdadeiro do Castanha, e fazia três dias que ele tinha sumido. Seu Antônio e dona Emília tinham decidido esperar até domingo para comunicar o desaparecimento dele na rádio local. Como eram idosos, raramente iam ao centro da cidade, por isso não tinham visto os cartazes. Também não tinham internet nem acessavam redes sociais. Caju era o cachorro de estimação deles desde filhotinho, e agora eles estavam muito agradecidos por tê-lo de volta.

Depois de ouvir a história, falei, orgulhosa:

– Eu e meu irmão demos comida pra ele no dia em que o encontramos! Comida e água! Lá em frente ao mercadinho de seu Alfredo. Colocamos nele o nome de Castanha. Até que não erramos muito!

E todos gargalharam. Apesar do clima de alegria, seu Antônio, que parecia muito sábio, percebeu que eu não estava tão feliz. Foi então que me perguntou:

– E por que você resolveu ajudar o Caju, Lívia? Não ficou com medo de que mordesse você?

– Não! Na escola, estamos participando do Projeto ABC, que significa "amor, bondade e compaixão". Quando vi o Caju na rua, logo pensei que poderia ajudá-lo usando meu dinheiro do lanche pra comprar comida pra ele, porque ele não teria como conseguir isso sozinho. E é assim que devemos agir, valorizando a vida, sentindo compaixão e ajudando o próximo... Ainda mais um cãozinho tão querido como o Caju! Sempre quis ter um igual a ele...

– É mesmo? Então acho que você vai gostar do que vou contar! – exclamou dona Emília ao se levantar, indo em direção à porta da casa.

Uma história a ser contada

Ao abrir a porta da sala da casa, dona Emília apontou para uma casinha no fundo da chácara e me pediu que fosse até lá com eles.

Ela e seu Antônio estavam tão agradecidos que quiseram me dar de volta o dinheiro do lanche que usei para comprar a ração. Eu disse que não precisava, que havia feito tudo de coração.

— Além disso, um colega dividiu o lanche dele comigo, pois ficou comovido com a história... — completei.

— Bacana esse seu colega, hein?

— Minha escola é muito legal; todos são amigos.

– É assim que todos deveriam ser: solidários – – disse seu Antônio. – Bem, mas queremos dar um cachorrinho a você. Naquela casinha está a Suze, nossa outra cachorrinha. Ela está prenhe do Caju! Vai dar crias lindas. Então, quem sabe você não pega um filhote para chamar de Castanha? Você quer?

– Um filhote do Caju e da Suze?! Quero, quero muito! Pai, mãe, vocês deixam? Por favor!

– Hum… Agora que vimos que você e Pedro sabem cuidar de um cachorro, podem ter um! Vocês aprenderam que um bichinho de estimação não é só para brincar; é uma vida que precisa de amor e cuidado como todas as outras!

Aquela notícia era a melhor que eu poderia esperar! Encontrar o Caju na rua foi mesmo uma dádiva da vida! No fim da tarde, nos despedimos de seu Antônio, de dona Emília, do Caju e da Suze e prometemos voltar dali a algumas semanas, quando os filhotes já tivessem nascido e desmamado e pudessem ser separados da mãe.

Veja como são lindos

Em um belo e ensolarado domingo, acompanhada de meus pais e de Pedro, fui buscar o presente que eu tanto queria.

Quando chegamos à casa de seu Antônio, fomos recebidos com muita festa pelo Caju, que parecia mais forte. Seu Antônio nos levou para ver os três filhotes e a Suze. Fiquei muito feliz! Eles eram bem pequenos e fofinhos.

– Olhe, Pedro, como a Suze cuida bem deles, como os amamenta, como os acaricia... É amor de mãe. É impressionante o amor que as mães têm pelos filhos. Olhe só também a felicidade do Caju. Parece que está dizendo: "Veja, Lívia, como são lindos os meus filhotes!" – disse dona Emília.

Escolhemos um dos cachorrinhos e resolvemos chamá-lo de Bolota, porque tinha uma manchinha redonda em volta de um dos olhos. Dona Emília explicou como cuidar dele, falou sobre as vacinas que ele precisava tomar e como ensiná-lo a usar o jornal para não sujar a casa. Eu sabia que ele seria muito esperto e aprenderia tudo bem rápido.

Depois de nos despedirmos do casal da Chácara Sol Nascente, fomos para o centro da cidade. Lá, papai parou na banca para conseguir um pouco de jornal para o Bolota. Quando desci do carro com ele no colo, seu Orivaldo se aproximou e perguntou:

– De quem é esse cachorrinho, Lívia?

— Agora é meu, seu Orivaldo! A gente veio pegar jornal pra ele! Lembra aquele dia em que o Pedro perguntou se o senhor tinha visto um cachorro marrom?

— Claro que me lembro! Naquele dia, eu não só fiquei comovido ao ver vocês cuidando do cachorro como também fiz um vídeo no meu celular para ensinar a todos o que é uma boa ação!

— Como assim, um vídeo, seu Orivaldo? Posso ver?

— Só você não viu, Lívia! O vídeo está na internet e já tem muitos comentários! Até o Alex, meu filho, que é jornalista e trabalha na emissora de TV da cidade, quer fazer uma matéria sobre vocês. Estão famosos e nem sabem! Venha cá, mostre o filhote para a câmera, vou publicar mais um *post* para o Alex ver.

E, então, seu Orivaldo fez um vídeo do Bolota brincando na banca e filmou a mim e ao Pedro cuidando dele. Voltamos para casa.

Na segunda-feira seguinte, à tarde, depois da aula, recebemos uma visita muito legal em casa.

A entrevista

Logo que chegou, o repórter Alex explicou o motivo da visita e perguntou ao meu pai se poderia me entrevistar para o programa *Jovens que fazem a diferença*, da emissora de TV da cidade, transmitido ao vivo também pelos canais de rádio e internet da rede municipal.

Meu pai disse que sim, e o filho de seu Orivaldo começou a instalar a câmera em um tripé na sala de casa. Falou que eu poderia ficar sentada no sofá ou no tapete, brincando com o Bolota, enquanto fazia as perguntas. Quando acabou de montar tudo, perguntou:

— Preparada, Lívia?

— Sim. Só estou um pouco preocupada, porque não sei se vou conseguir responder a tudo o que você vai perguntar.

— Fique calma! Eu não vou perguntar nada que você não saiba responder, está certo?

— Está bem!

Aos poucos, fui me soltando. Estava distraída não só com o Bolota como também com a câmera, os blo-

cos de anotação, o microfone... Mas ansiosa porque eu iria aparecer pela primeira vez na televisão.

– Podemos começar?

– Sim.

– Boa tarde, caros telespectadores, ouvintes e internautas. Hoje, aqui no *Jovens que fazem a diferença*, temos uma convidada muito especial, uma garota que tem uma boa história para nos contar. O nome dela é Lívia.

– Boa tarde, Lívia.

– Boa tarde, Alex.

– O motivo desta entrevista, Lívia, é aquele vídeo gravado por seu Orivaldo que viralizou na internet. Acho que você o conhece, não?

– Sim, conheço seu Orivaldo. Eu e meu irmão, Pedro, no começo, não sabíamos que ele tinha gravado o vídeo, porque estávamos preocupados com outra coisa.

– É mesmo? Acho que as pessoas que estão nos ouvindo e assistindo já sabem qual era essa preocupação, porque todas viram o vídeo, que é um verdadeiro *hit*. Mas conte pra gente: como você decidiu cuidar daquele cachorro?

– Eu estava indo para a escola com meu irmão. Estava preocupada com um projeto da professora Suzete. Precisava contar algo na aula e não fazia ideia do quê. Estava distraída quando, de repente, eu e Pedro vimos um cachorro todo encolhido e tremendo junto à parede do mercadinho de seu Alfredo.

— Você pode contar mais sobre esse projeto da escola que a deixou tão preocupada?

— É o Projeto ABC, sobre amor, bondade e compaixão.

— Poxa, são atitudes e valores importantes, né? Você já sabia de tudo isso quando resolveu ajudar o cãozinho?

— Não! Ainda não tinha aprendido o que era cada uma dessas palavras. Eu ajudei o cachorro porque senti pena dele. Depois, imaginei que ele estivesse com fome e, então, comprei ração.

— E você tinha dinheiro para comprar ração?

— Eu tinha o dinheiro do meu lanche. Foi quando pensei que deixar de comer lanche uma vez na vida não iria me fazer falta, mas aquele cachorrinho precisava comer. Então usei meu dinheiro.

— E o que você tem a dizer aos telespectadores e ouvintes sobre a decisão que tomou?

— Ah, que é muito bom ajudar os outros. Eu aprendi com o Projeto ABC que isso significa ser amoroso, que a gente tem de ajudar a quem precisa e não pensar apenas na gente. Quando somos bons e temos compaixão pela dor dos outros, nossa própria vida pode melhorar!

— Ah, é? E você se sente melhor depois da sua boa ação?

— Depois de cuidar do Caju, o cachorrinho que estava perto do mercado, eu e minha família fomos procurar seus donos. Encontramos seu Antônio e dona Emília, que também tinham a Suze, uma cadelinha mui-

to fofa! Aquela tarde na chácara deles foi muito legal, e ainda por cima ganhei um presente! Eles viram que eu gostava muito de cachorro, então me deram de presente o Bolota, que é filhote da Suze e do Caju! E este aqui é o Bolota, olhem! – disse, mostrando meu cãozinho para a câmera.

– Muito bacana essa história. Diga para mim, ele era o único filhote?

– Não! Nasceram mais dois. Escolhemos o Bolota quando percebemos que ele mancava um pouco, por ter nascido com um pequeno problema na pata traseira direita. Decidi que seria ele.

– Por quê?

– Porque achei que era o animalzinho que mais precisaria de cuidado e carinho.

– Que legal! Sabe, Lívia, no nosso programa sempre mostramos uma história como a sua e, no final, pedimos ao entrevistado que deixe uma mensagem a quem está acompanhando o *Jovens que fazem a diferença* para estimular outros jovens a fazer coisas boas.

Uma mensagem do bem

Alex posicionou a câmera em outro ângulo, eu me ajeitei no sofá e pensei muito nos princípios do Projeto ABC. A mensagem que eu transmiti naquele dia aos telespectadores, ouvintes e internautas foi que eu descobri que fazer o bem nos torna imensamente felizes.

No dia em que ajudei o Caju, até tive medo de que o dono se incomodasse de eu lhe dar ração, ou de perder a hora da aula… Fiquei muito apreensiva, mas decidi que não se tratava da minha vida, mas da vida de alguém que precisava de ajuda.

Aprendemos com o Projeto ABC que valorizar a vida dos outros é importante, porque todos devem estar bem para conviver em paz. Além disso, encontrar o Caju perdido e imaginar uma família triste por causa do desaparecimento do cachorrinho de estimação me fez sentir a dor deles, por isso tive vontade de ajudar! Então, ninguém deve ter medo de fazer o bem nem de sentir compaixão pelo próximo.

Ah! E não podemos deixar de agradecer aos que são bons conosco e tornam nossa vida mais alegre.

Quem é Fernando Carraro?

Arquivo pessoal

Nasci na cidade de Americana, situada a cerca de 130 km de São Paulo, no dia 1º de maio de 1942. Atualmente, vivo em São Paulo, capital, com minha família.

Sou formado em História, Geografia e Pedagogia. Dediquei grande parte de minha vida ao magistério, como professor de Geografia. Hoje, escrevo para crianças e jovens e visito escolas interagindo com meus leitores.

Aos 14 anos, escrevi meu primeiro livro, mas só bem mais tarde comecei a me dedicar inteiramente a essa atividade. São mais de 40 títulos publicados, especialmente sobre temas importantes para a educação, a formação do cidadão e a valorização da vida.

Algumas obras publicadas pela FTD: **Dom, talento e vocação: quem não tem?**; **A parábola do planeta azul**; **Amazônia: quem ama respeita!**; **Vida, direito de todos!**; **Semeando a paz**; **Sempre amigos**; **Uyrá: o defensor do planeta**; **Terra, nossa casa!**; **A magia dos biomas**; **Biomas, conhecer para proteger**; **Diga não à violência!**; **Respeito sim! Violência não!**; **O catador de papel**; **Carta à prefeita**; **Somos parte da mudança**.

Produção gráfica
FTD EDUCAÇÃO | GRÁFICA & LOGÍSTICA
Avenida Antônio Bardella, 300 - 07220-020 GUARULHOS (SP)
Fone: (11) 3545-8600 e Fax: (11) 2412-5375